鰰

hadahada

Mamoru Miura
三浦 衛

春風社

鰰　hadahada　目次

鰰《はだはだ》の腹突き破る日本海

ピコピノドン

夜の殺人、木造船、
　流れ、とろける、ピコピノドン
死でさえ、剝片の、
　行きつく先は記憶、港の灯り…

鉞が、右肩に振り下ろされようとし
た
転瞬

黒毛の筋肉、ひかり、また、ひかり、
　透き通る眼が穴の開くほど、
　　群青の空をながめ…

二等水夫のトゥータイン、
　エレナの渇いた口元に、膝頭をあて、
　　思いっきり突っ込もうと

鎖骨遠位端、
　跳ね橋のように折れ、
　　跳ねあがった始終臭い

ピコピノドン、不意にピコピノ、そいつはやって来る

＊トゥータイン、エレナは、ハンス・ヘニー・ヤーンの小説『岸辺なき流れ』の登場人物。

春泥に歩《ほ》を踏み入るる農夫かな

生きる力

コナン映画　真実はいつも一つ
りなぴ（♡）
モーツァルト（?）
ふるさと（!）
仕事（■）

読まぬ本
リンゴのようなブドウ
覚める眠り
ローランド・カーク

調子っぱずれ

なにをやっても
調子っぱずれ
で、

こころはとっくに、
おいてけぼり

馬

さっきから
むこう向きで
草を食んでいる

なんの教訓も得られない

本の場所

エンジニアにも　大臣にも
なれはしなかったけれど
エンヤコラ
川岸の丹波栗
石礫で投げ落とし

コラガギメラ

寺沢の大地主

メラメラと本を焼く
一冊だけのこった
罰が当たるか
と
先輩が言った
エンヤコラ
川岸の丹波栗
石礫で投げ落とし

コラガギメラ

はやぐままけ

＊「ままけ」ご飯を食べなさいの意の秋田方言。

字上野

南秋田郡井川村井内字上野
町などなく
井のうち川流れ
異界へと
バンバゴダーヂ　アーヂマレ
脱字のうへの原野
こけむすさ
ざれ石
バンバゴダーヂ　アーヂマレ

＊「バンバゴダーヂ　アーヂマレ」秋田方言で「婆たち、集まれ」の意。

トタカ石

ニホンカモシカが立っていた
祖父と祖母と父と母と弟と
みたのだ
かれがみたのでない

トタカ石のその上に
カミもレキシも
ありはせぬ
トマス詩同様

予見することも　左右する
ことも　できはせぬ
石もまた

ただ　すっくと

ニホンカモシカが立っていた

おおかみ

おおかみは
かべに　はりついていなさい

だめよ　おじちゃんをいじめちゃ

ほーらんげきょう

なんみょうほーらんげきょう
きんにゃ　まもるだ　来たや
さとるも　来てな
いろいろ　つぐって
たべさせで　けだや

きょうな　バスケの練習試合　見に行ぐよ
こどおがまで
さとる　のせでいってけるど

じいさん
ばあさん
まもてけれやあ

＊「きんにゃ」昨日。
「けだ」くれた。
「まもて」守って。

政治

行かぬといったら行かぬ
食べるといったら食べる
好きといったら…
嫌いといったら…
これは反対

贅成の反対
反対の贅成
肝っ玉の小さい

詩を書く

そんなもの読んだって
そんなもの聴いたって
詩など書けっこないさ
詩を書けない
詩は書けない
だいたい詩を書きたいのか
定かでない

そもそもどうして

詩を書こうとするのか
それをさぐり
ボーリングするために
詩を書く
と
そんな都合のいい話ではない
足裏は痒いままさ

カミサマ

バルトにバルザック
バフチンにラブレー
オーエにダンテ

サカモトドビュッシー
キヨシローオーティス
オラのカミサマは

けるるん

草野心平だったがな
かえるの詩
けるるんくっく
だがら
けるるん

なにをやりとげだ　わげでもない
とりたででの　きぼーも　ね
けるるん

もうすこし　くっく
そうだ
きゃっちぼーる

とじぇね

テレビで　おどぎのくにを見でも
さち子ど　ママゴドして遊んだたて
とじぇねものな

…スーパーマンだきゃ
あれだきゃ
ピアノ線だがていうもので
吊るしてらたや

かわがみせんせー　まだ　おっかね話
してけねべがな？

さしにゃ

雨が　降っています
だんだん　ぬれてきます
うえから　降っているのに
あたまも　くびも　かたも
ちっとも　ぬれません
足許がひたひた
ひたひたひたひた

こんなことは　ありました

とんでもなく　むかしのこと
のようなのです
やわらかく　かなしく
あたたかく　はずかしく
気持ちよく　泣く泣く

なってくるのでした

べっこ

べご　ではありません、
差別用語
でもなく、

〇〇〇こ
だったら言えるのに

向日

下痢を起こすなり
外へ向かうべき矢
が
とち狂ふて
一斉に攻撃を仕掛けてくる
風情
堪らぬ
堪らぬ

こんなに矢
られたら
立ち上がることもできぬ
ではないか
空はあれ以来
忘れることを
晴れ
たかのよう
空気は酸素を含まず
に
深呼吸さえ

安心の川

祖父と祖母に
はさまれで　寝でいだ
右にころがれば
祖父
左にころがれば
祖母
夏ともなれば
蚊帳まで吊って
しずがな祭りの始まりです

ほー　ほー　ほーだるこぃ

祖父の匂いは　藁と馬
祖母の匂いは　山と雨

わだしは
安心の川にいで
気がかりなごどは毛ほどもながった
毛も生えね
右にころがれば
祖父
左にころがれば
祖母
いまはふたり

小さい写真に納まり
わだしの頭の上にいます
寝小便たれるなよ

秋田

1

叔父がのど自慢で優勝し
プロの歌手になろうと
東京にでてくるどぎ
若い父は親代わりに同行した

アパートさがし
作曲家の先生のもどを訪ね

弟子入りを願いでだ
百万円持ってきたら弟子にしてやる

あれがら六十年
叔父がカラオケで
山のけむりをうだう
長男が心配そうに寄り添っている

2

叔父は酔っぱらうと
長男がいるところでも
このバガが、と言った
うっすら涙まで浮がべ
バガって言うな…

わだしは
慰める言葉をもだながったけれど
言わなげればならないど思った、
バガって言うな…

叔父はそれがら
長男の前では言わなぐなった、
このバガが
バガって言うな…

長男はビールが好き
刺身は烏賊
これにビールをやってけれ

3

叔父は50ＣＣのバイクに乗って
さっそうとやってくる
叔父の背中につかまって
スピードがぐんぐん上がっていく
走れ走れ　もっと速く
うれしいのか　悲しいのか
涙まで　飛んでった
小学生のぼくは
バイクを運転したくてたまらない

死んだってかまうものか
叔父を後部座席に移し

ぼくが運転
死んだって…

止めろ！　止めろ！
バガケ！
死ぬどごであったど！

高校二年生になって
50ＣＣのバイクで帰宅途中
停まっていた車が急に動き出し
ぼくはバイクごと吹っ飛ばされ
前歯が二本折れた

けふは、はれ

けふはまた、
晴れ晴れしきや、

冬の花

本のこと

世界はたとえば一冊の本と長田さん、
善読と新井さん、
脱落と道元さん、
寝るも起きるも、

するもしないも、
よむ、よまれ
わたしがいつか、よまれるまで

魚眼レンズ

揚げ菓子のごと吾《あ》の掌《て》の蟬の死骸《むくろ》かな

いつも子どもたちでにぎわっているグラウンドが、
夏休みを迎え、
人っ子一人いません
りなぴは今日からインターンシップか
がんばれよ

グラウンド横の
少し高いところにある階段から眺めているせいか、
平らなはずのグラウンドが、
まるで地球表面のように、
真ん中が盛り上がり、
端に行くにつれ低くなっているような、
おそらく錯覚なのでしょう、
寂しさを
魚眼レンズで覗いたような、
そんなふうにも見えます
魚眼、
魚のまなこ、
秋田ならまなぐ、

夏はしずかに魚の目は泪

盛り上がる子ら無き夏のグラウンド

夏草や鉞《まさかり》一閃馬に空

忘れんぼ

子どものころから物をよく忘れました
なかでも傘はその筆頭
二桁ではきかないでしょう
そのたびに自己嫌悪に陥り
おれはダメな奴ダメな奴ダメな奴

このごろ傘を
忘れなくなりました
折り畳み傘を

いつもカバンに入れ
持ち歩くようになったからかも知れません
なので今度は
おれはいい奴いい奴

つけまつげの娘と
きのうも坂ですれ違いました
夢のような

とじぇねわらし

秋田では寂しいことを「とじぇね」。徒然からの転訛でしょう。子供のころ、とじぇねわらし（童）でありました。とじぇねとじぇねと、お念仏よろしく唱え右往左往していましたが、まぶしさをこらえながら小学校へ通うようになり、授業でセンセーの話を聞いているうちに、とじぇね気持ちはだんだん薄くなり、消えて無くなりはしないけれど、ささくれだったブツブツがいつしか平らかになっていきました。これ、つたなき原体験。しかし原体験は根を張り、やがて芽をふきます。

学術書の編集をなりわいにして三十年ちかくになりますが、学術書を一冊一冊作っていると、当時の気持ちが、ふとよみがえることがあります。学術書は、私にとりまして授業でセンセーが話すおはなしに近く、哲学、宗教、文学、教育学、人類学、社会学、心理学、浩瀚な事典、辞典類だって、なんでもお構いなし。いただいた原稿に対峙し集中し、精読しているうちに、尾てい骨のあたりに巣食うとじぇね気持ちはスーッと…。ライフワークにしている研究の一端に目を凝らし、耳を澄ませているうちに、広々とした野原へ連れ出され、息を深くしている自分に気づきます。

仕事を通じて、ことばの果実を食しつつ、身もこころも軽くなり、だんだんだんだん軽くなり、重さがなくなって、シャボン玉飛んだって、いつかなってくれないかな…。

カミサマノハナシ

じょうずに話せない
インスピレーションみたいに
うかんではくるけれど
そのうちそれも
あやしくなって
とてもじょうずに話せない
じょうずに話せたなら
じぶんのことより
なによりも

かみさまのことを
話したい
かみさまのことを話すために
話したい
リルケやゲーテもなく
リルケやゲーテといっしょに
雲や風や川や海
じょうずに話すことを
おしえてください

センセー
カミサマノハナシ

ピピ

かつての村を訪ねたとき
ニワトリのようで　ニワトリでない
ダチョウのようで　ダチョウでない
カイチョウ　怪鳥
そう　怪鳥
ゆっさゆっさ現れ
伸びあがって　ぶるぶる
体をふるわせ
たかと思い

き
や
どすん
で
また　どすん
雪だるまほどもある
皮袋に入った糞をふたつ
ひった
そばにいた飼い主
老婆が　転がる糞に　足取られ
転がった
近所の百姓がそれを見て
ああ
ピピがうれしくて糞ひった

ピピがうれしくて糞ひった
転がった老婆もうれし
くて笑っ
た

クライスラー

左はアニアス
右はトゥータイン
幅広の厚さ5ミリの鉄板アメ車
雨の中を猛スピードで突っ走る
角々でほとんどぶつかりそうになり
ぶつかった
転瞬
スーッ
アメ車が通り抜ける

通り抜けたのはアメ車
でなく
つぎつぎにやって来る　ビル　ひと
だんだん嬉しくなってくる
こんなの初めて

＊　アニアス、トゥータインは、ハンス・ヘニー・ヤーンの小説『岸辺なき流れ』の登場人物。

いまひらく頁

野にでるように
頁をひらく

コスモスが咲いている
という一行から
体調のよい日なら
何十年も前に見たコスモスが
いまも秋風に揺れている

頁をとじる音だけが
部屋に充ちている

こんな日は

九月
くもり　風はなし
一日を思い浮かべ
いそぎの用事はどうやらなく
自恃のこころもなし
思い出は　中の島
ながれる川に　浮かぶ

本を読むのでもいい
仕事は少し先へ
極端に走らず
若さは遠のく

夏風邪

風邪が癒えはじめての朝は
なんて気持ちいい
体温計のアラーム音かと思えば
そうでなく
小鳥がさえずる声だったり
雨を踏む自動車の音だったり
遠くの時計の音だったり
外の音だけではありません
心臓の音、呼吸音、思考している脳の音…

生きている

好日

夏風邪をひいて数日不調にみまわれたが
熱はまだあるものの
きょうは目覚めてよりいたって気分よく
銭湯帰りのような具合

鳥が啼いている
鶸だろうか
二羽　三羽
耳を澄ます

自動車の行き交う音
タイヤが雨を踏みつける音
ひと葉ひと葉が雨を浴びて息づいている

ふと目をやれば
妻は布団から半身をだし壁向きに眠っている
きょうはプラスチックごみの日
静かにドアを開けると
アブラゼミが脚を折り曲げて死んでいた

きょうの日を忘れまい
記憶にも記録にも残らない
なのに　どの日にも　似ていない
すっかり忘れることにしよう

祈らない時こそ祈りに近く
好日

世界の淵

運転台に父
助手席に母
弟と私はトレーラーの荷台
もらった梨の箱がガタガタ揺れ
耕耘機のエンジン音が
さびしい秋空に吸い込まれてゆく
八郎潟

かつての八郎湖
チカが獲れ　シラウオが獲れ

先程から森山の稜線がくっきりと
空と境を接している
上が下　下が上
世界の淵

ジャズ

すばらしい音楽があるのに、
なんでそんな
ちゃらちゃらした音を鳴らすのさ

馬鹿をお言いじゃない、
毎日が辛く悲しいのに、
なんで好き好んで
辛く悲しい毎日を思い起こさせる
音楽をやらなければいけない？

毎日がたのしく面白おかしいあんたらは、
辛く悲しい音楽をやって、
罪滅ぼしをするがいい

動物園

父と母は三十代ですかね
わたしはたぶん小学生
弟は幼稚園生か
まだか
動物園はそのころ千秋公園にありました
砂利道を歩いて行った記憶があります
昼を食べてからだったか
動物たちを見てから
昼にしたか

弟は中華とラーメン
中島のてっちゃもいたかもしれず
父と母が
わたしと弟を動物園に連れていってくれたことが
おもしろいと思います
いま尋ねたら
なんて答えるでしょう
もう昔のことで分からない
それとも
あたりまえのこと訊くな
か
わたしと弟を
動物園に連れていってくれたことが
不思議におもしろいと思います

大寒や少年の声ふとくなる

陽子先生

あとがきに代えて

「もし。おはよう。びっくりするなよ」

「おはよう。なした?」

「びっくりするなよ。えが?　びっくりするなよ」

「なしたて?　はやぐ言えでゃ」

「いとうようこ先生、亡ぐなったよ」

「……」

「いとうようこ先生、亡ぐなったよ」

「……」

「聞いでるが？」

伊藤陽子先生は、私が小学一年のときの担任の先生、名のとおり、あたたかいお人柄の先生だった。

学校といえば、今は、いじめや自殺の問題が連日マスコミを賑わし、学校受難の時代ともいえようが、学校生活の入り口で陽子先生に受け持ってもらったことが、小、中、高、大学までの、またその後の生活を決定づけたといっても過言ではない。寂しがりの私にとって、陽子先生のいる「学校」は、たとえば奥深い土地の温泉にゆっくりつかっているようでもあり、学校の行き帰り、ぽかぽかと体の芯まで温かくなるような気がしたものだ。

陽子先生が亡くなったことを私の父が知ったのは、故郷の新聞の「おくやみ」欄によってであった。亡くなった方の氏名、享年、住所、命日、葬儀の日取り、場所、喪主のみの情報でありながら、都会と違い、田舎は、戸数が少ないとはいえ、半径数キロに及ぶ範囲の人々を多少なりとも知っていることが多いから、「おくやみ」欄は、短いけれども、地域情報として貴重なだけでなく、縁のあった一人ひとりを思い出し、思い浮かべ、冥福を祈るための大切な時間を提供してくれる。

◇

二〇一二年、詩人の長田弘さんに公開インタビューする機会があった。そのとき長田さんは、全国紙と地方紙の違いは何かという問いを発せられた。少し間を置いてから答えられた。地方紙には「おくやみ」の欄があると。それがいかに大事か。

二十世紀は戦争と革命の世紀といわれるが、人間が多数殺されたことには変りなく、そこでは、一人ひとり個性の違う人間とはみなされず、数として扱われる。何万人、何十万人の死。死というけれども、実際は殺されたのだ。長田さんは、そのように語った。

だれも数としてなど扱われたくはない。一人ひとりは、よくみれば、皆、だれとも似ていない取り替え不能な真実の物語をつむぎながら暮らしている。だれとも似ていない生を生き、死んでゆく。そのことの一端を地方紙は取り上げ、人の生き死について、人生について、しばし考える時を与えてくれる。

長田さんの話をうかがいながら、私は、一年生の短い、また後から思えば長い、たとえば縁側に立ち、山の端から刻々昇り始めた朝陽をずっと眺めていた懐かしい時間と、六、三、三、四制の学校生活を色付けしてくださった陽子先生をすぐに思い浮かべた。その後の学校生活で、たとえテストの成績がふるわなくても、失恋しても、部活動で怪我をしても、いやな先生がいても、友だちを傷つけ、友だちに傷つけられても、そのことで学校に絶望するまでには至らなかった。学校のイメージづくりにとって、小学校の先生がいかに大きな役割を果たすかを改めて思い知らされた。

小学一年の学業が修了したとき、私は、職員室に呼び出され、陽子先生からエンピツとノートをいただいた。二年生になっても元気にがんばってください…。

◇

十年間勤務した東京の出版社が倒産し、仲間と横浜で出版社を興して十年が過ぎてから、帰省の折、私は自著を携え陽子先生のご自宅を訪ねた。先生には申し上げなかったが、あの時にいただいたノートとエンピツのお礼のつもりだった。

陽子先生は、一年間だけの担任だったのに、忘れずによくぞ訪ねてきてくれたと驚かれ、私の話を終始にこにこ微笑んで聞いてくださった。とりとめもなく話しているうちに、いつしかそこは小学校の光に満ちた夢の教室になり、陽子先生の前で漢字につかえながら本を読み上げ、読み終わり、先生に褒められているような気がした。四十数年の時間がゆっくり溶けだしていくようだった。
陽子先生は町の「広報いかわ」によく短歌を投稿されていた。「株太きはまなすの花咲きにけりせめぎ合う波の音の聞こゆる」が、亡くなった月の号に掲載されている。陽子先生には赤いハマナスがよく似合う。そこにも温かいお人柄は表れている。それからそれへと思い出は連なり、とても言葉に尽くせない。
長田弘さんの詩の一節に次の言葉がある。「真新しい朝のインクの匂いがしなくなってから、／新聞に真実の匂いがなくなった。真実とは／世界のぬきさしならない切実さのことだ。」(「モーツァルトを聴きながら」より)
「おくやみ」欄には真新しい朝のインクの匂いが立ち込めている。すっきりと、身の引き締まる、きりりと冷たい、まぶしい朝の匂いだ。

さびしさの力

阿部公彦

三浦衛の新詩集のタイトルは『鰰』。「はたはた」とルビなしで読める人はどれくらいいるだろう。ただ、付されたローマ字はちょっと違う。hadahadaとあるのだ。

「鰰」を辞書で引くとこんな説明がある。

ハタハタ科の海産の硬魚骨。口は大きく体には鱗がない。背部は黄白色で、褐色の流紋がある。全長15センチメートル内外。北日本のやや深海に産し、11〜12月産卵のため沿岸に群遊する時に漁獲。その季節によく雷鳴があるのでカミナリウオともいう。「しょっつるなべ」の材料とし、また、卵は「ぶりこ」と呼ばれ、賞味。沖鰺（おきあじ）（『広辞苑』）

秋田名物の「しょっつるなべ」に欠かせないこの魚、私たちがふだん口にする「はたはた」

が標準的な読みらしい。でも、たしかに秋田方言なら「はだはだ」になるだろうなとも思う。

このタイトルだけからでも、詩集の方向が見える。かつて『マハーヴァギナまたは巫山の夢』という実験小説を物した著者だが、その第一詩集『カメレオン』ではより穏やかな自伝的世界を展開させている。私小説臭も漂うその懐古的な語りをささえていたのは、何よりも方言の力だった。

本詩集でも、この詩人の原動力になっているのは秋田弁の響きだ。とくに「が」「げ」「だ」「ど」といった濁音の力。

草野心平だったがな
かえるの詩
けるるんくっく
だがら
けるるん

なにをやりとげだ　わげでもない
とりたでての　きぼーも　ね

けるるん
もうすこし　くっく
そうだ
きゃっちぼーる
（「けるるん」）

「だがら」とか「わげでもない」というふうに濁音が二つつづくときの喚起力。ズリズリッと引きこまれそうになる。秋田と無縁だった人にも妙に懐かしいような、心安まるような心地を呼び覚ます音色だ。

そんな中で目にとまったタイトルがある。「とじぇね」。秋田弁で「さびしい」「退屈だ」の意だという。作品中、この言葉はごく自然な流れの中で出てくるので、ほとんど見逃しそうになる。

テレビで　おどぎのくにを見でも
さち子ど　ママゴドして遊んだたて
とじぇねものな

…スーパーマンだきゃ
あれだきゃ
ピアノ線だがていうもので
吊るしてらたや

かわがみせんせー　まだ　おっかね話
してけねべがな?

「とじぇねものな」は、標準語ふうに意訳すれば「つまらない」「しょうがない」くらいだろうか。

この語をわざわざタイトルに抜いてあるのはなぜだろう。「かわがみせんせー」がしてくれた「おっかね話」はほんとうに怖かった。テレビのつまらない特撮よりも、よっぽど迫力があった。しかし、それはもうかなわないのか。

「かわがみせんせー」の「おっかね話」を待望するのは過去の私でもあり、今の私でもある。それは二重の意味で失われているのだ。ここにはより深い意味での「とじぇね」の響きが聞こえる。「つまらない」「しょうがない」と諦めるスタンスに静かで穏やかな、どこか心地良くさえある「さびしさ」が広がっている。

「さびしさ」は文学のエッセンスだ。書かれたものはしょせん世界そのものではない。世界から遅れている。世界にはなりきれないし、抗うといってもその効果は限定的だ。そこに巨大なさびしさがある。

しかし、だからこそ、文学は世界そのものの根源的なさびしさを語ることができる。無力を知った言葉だからこそ、世界の中で無力を実感した者たちの心を揺さぶり、打つ。そして動かす。

文学が世界を動かす、その真価が見えるのはここだ。「とじぇね」と言いながら、「とじぇね」の向こう側を見やったり、「とじぇね」ならざるものを夢想したり。そうしてついに「とじぇね」ならざる何かを生み出してしまう。

三浦衛は『鰰』の中でふたたび自己の原点の探索を試みた。そこには派手で濃厚な神話的な世界もなければ、おどろおどろしい暴露話もない。切ない恋愛もない。ほとんどは地味で小ぶりな、ときにはちょっと剽軽な情景の切り抜きだ。

おおかみは
かべに　はりついていなさい

だめよおじちゃんをいじめちゃ
(「おおかみ」)

しかし、このちょっとした奇想の背後には、静かなさびしさが広がっている。このさびしさがいったいどこから来るのか。詩人自身の内側から来るのか、秋田という土地のものなのか、あるいは…？　ひょっとすると詩というジャンルそのもの、もっと言えば、詩を書くこと、書こうとすることそのものから来るのではないかとも思わせる。

そんなもの読んだって
そんなもの聴いたって

詩など書けっこないさ
詩を書けない
詩は書けない
だいたい詩を書きたいのか
定かでない
（「詩を書く」より）

詩を書くことをめぐるこのひとしきりの煩悶が「だいたい詩を書きたいのか」という根本的な疑念に行き着くとき、私は得も言われぬさびしさが広がるのを感じる。言葉ではとらえきれぬけれど、たしかにぐにゃぐにゃした質感をもったある感情がそこにはある。

鰰　hadahada

二〇一九年九月二六日　初版発行

著者　三浦衛　発行者　三浦衛

発行所　春風社　横浜市西区紅葉ケ丘五三　横浜市教育会館三階

電話　〇四五・二六一・三一六八　FAX　〇四五・二六一・三一六九
http://www.shumpu.com　info@shumpu.com　振替　〇〇二〇〇-一-三七五二四

装丁　間村俊一

本文印刷　ファーストユニバーサルプレス　付物印刷・製本　シナノ書籍印刷株式会社

ISBN 978-4-86110-610-1　C0092　Y2200E